Inhalt

The Most Distant Love

Mitsuaki Asou

Aus dem Japanischen von Anne Klink

#1

Ich hab schon länger...

... damit gerechnet.

In solchen Momenten ist Gebärdensprache praktisch, oder?

So kann um uns herum niemand mithören.

Ist es nicht eher umgekehrt?

... hättest du einfach per Telefon mit mir schlussmachen können.

Wenn ich hören könnte...

So konnte ich dein Gesicht zum Abschied noch einmal sehen.

Danke, dass du es nicht per Mail getan hast.

Die Alltagsgeste für »Entschuldigung« und die Gebärde für »Danke« ähneln sich.

... wundere ich mich jedes Mal.

Darüber...

Dabei sind die Bedeutungen der beiden Wörter fast gegensätzlich.

Sobald ich das denke, hat mein Verstand schon gewonnen.

»Zu Hause ist es sicherer.«

Ich brauche selbst zum Frusttrinken eine Begleitung.

Der hat Spaß.

HAH

Keine
Poli-
zei...

RA-
SCHEL

»Nicht«...?

Nicht
...

BWWW

Alarm

Börsenbeginn

08:50

Ich habe Sie erst einmal zu mir nach Hause gebracht. Ich arbeite. Bitte klopfen Sie mir auf die Schulter, wenn Sie aufwachen.

Ich habe Sie erst einmal zu mir nach Hause gebracht.

Ich arbeite. Bitte klopfen Sie mir auf die Schulter, wenn Sie aufwachen.

Member : Tetsu
: AYUMU

Was?! Spinnt der Kerl?!

CHAT MEMBER 01

CHAT MEMBER 02

AYUMU — Er hat ja nur mein Brot gegessen.

Tetsu — Nur??
Ich muss einem 29-jährigen Mann doch wohl nicht mehr predigen, dass er keine Fremden ins Haus lassen soll!

AYUMU — Du hast ja recht.

Tetsu — Warum hast du nicht einfach einen Notarzt gerufen oder ihn der Polizei gemeldet?

Enter new message

UMU — Tut mir leid.

etsu — Ich vergebe dir, wenn du dir mein Angebot von neulich noch mal überlegst.

Warum hast du nicht einen Notarzt ge... ihn der Polizei g...

Tut mir leid.

Tut mir lei !

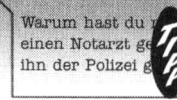
Tetsu — Als privater Investor sind deine Möglichkeiten begrenzt.

Ich habe großes Vertrauen in dein Geschick mit Aktien und deine Fähigkeit, Börsendiagramme zu lesen.

Und es ist ja nur eine kleine Firma mit Freunden.

Könntest du mir noch mal sag |

... hat er den Vorlesungsstoff, Aktien und Investments gebüffelt...

... und nebenbei gejobbt.

Er war auf einer Schule für Menschen mit Hörschädigung...

... hat von dort die Uniaufnahmeprüfung gemacht und mit einer NPO* verhandelt, ihm einen freiwilligen Mitschreiber zu vermitteln...

Wow, ganz schön beeindruckend.

... und während wir das Studentenleben genossen haben...

* Non-Profit-Organisation

Nicht mal von seiner Absicht, sich operieren zu lassen, hat irgendwer gewusst.

Dass seine OP zur Wiederherstellung seines Hörvermögens gescheitert ist...

... hat er mir irgendwann hinterher mitgeteilt.

Ich verstehe schon, dass er gar keine andere Wahl hat.

Er kommt zwar gut bei Frauen an, aber dann trennen sie sich von ihm...

Dass er sich in seiner Situation mehr anstrengen muss als andere...

Aber...

... weil sie finden, er wäre zu schade für sie.

... wäre es doch völlig okay, mir auch mal zur Last zu fallen.

... **gerade weil** wir gute Freunde sind...

Weil er eine Geige dabeihatte |

Warum hast du nicht einfach einen Notarzt gerufen oder ihn der Polizei gemeldet?

MUSIC LIFE

...

Du...

Du hast sie doch noch, oder?!

Ey!

Wo ist...

Ich finde Instrumente faszinierend.

KRIEEETSCH

Immer wenn ich das Haus verlasse...

Wie finden...

... hörende Menschen...

Ich kann nur umherlaufen und Ausschau halten.

... habe ich etwas weiche Knie.

... jeman-
den, den
sie suchen?

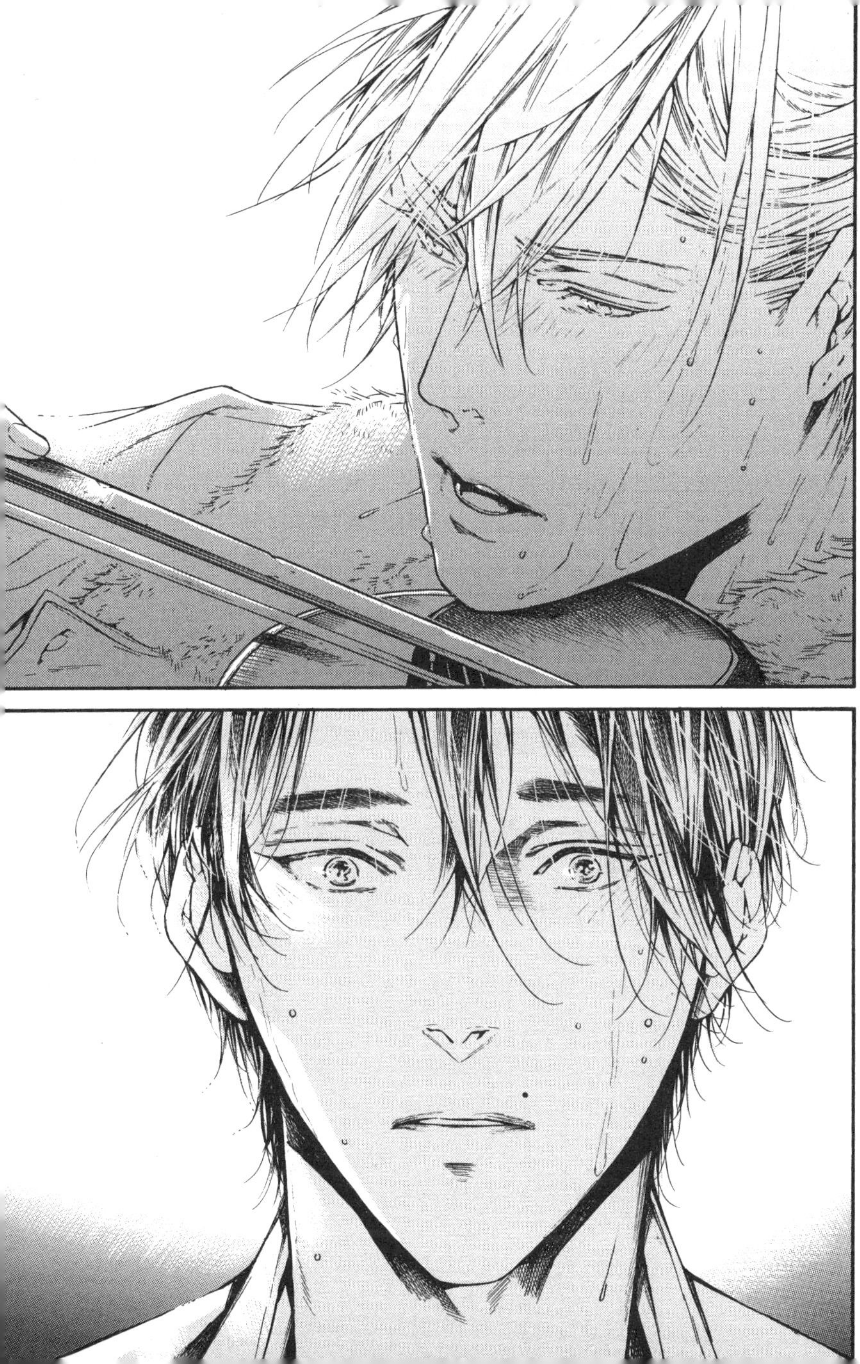

Wir hauen ab!

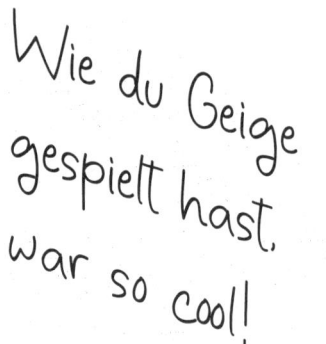

Wie du Geige
gespielt hast,
war so cool!

Obwohl du sie nicht hören kannst?

...

... Gänsehaut bekommen, als würde etwas über meine Haut streichen.

Ich hab zum ersten Mal...

...und ich konnte die Vibrationen in meinem Bauch fühlen.

Die Luft hat gezittert...

Du bist sehr direkt.

Ich hab gerade richtig Herzklopfen.

Warum mussten wir eigentlich weglaufen?

Nicht eher, weil du gerannt bist?

Sonst übe ich... jeden Tag in einer Karaoke-Box... aber...

... heute war keine frei... weil sich eine Popband aufge...löst hat...

Gestern... haben mich die... Bullen ver...folgt.

Wie ein Tier...

Ich hab mein Portemonnaie verloren, hatte voll Hunger, aber kein Geld. Und müde war ich auch...

Und als ich aufgewacht bin...

Also hab ich auf dem Rasen gepennt... und...

Und als ich vorm Bahnhof gespielt hab...

Aber als ich abgehauen bin, sind die Bullen mir nach.

Keine Ahnung.

Hm? Verstoß gegen das Straßenverkehrsgesetz? Lärmbelästigung?

war ich in
deiner Wohnung.

Warum
hast du heute
im Park gespielt?

war ich in
deiner Wohnung.

war ich in
deiner Woh

Warum
hast du heute
im Park gespie

Weil ichs nicht
länger ausgehalten hab.

*... sich trotzdem aus irgendeinem
Grund ähneln, ist schon erstaunlich.*

Ist doch seltsam.

Ich hab ja jetzt meine
Schuhe wieder, also bezahl
ich dir das Essen.

Ist nicht nötig.
Das Brot war im
Sonderangebot.

Am Monatsende
krieg ich meinen
Lohn ausgezahlt.

Toka Mibu (19)

Musikstudent

ID: TO

いち ず あゆむ
Ayumu Isuzu (29)

Daytrader und Investor

ID: ayumu-rin

Eine
Bitte

... sieht irgendwie jeder süß aus.

Mit gespitzten Lippen...

Ich mag, wie der Mund sich bei »Isuzu« rundet.

Nenn mich beim Nachnamen, ja?

mir wurde mal gesagt, was für eine Ironie es ist, dass ich das Kanji für »Glocke« im Nachnamen habe, obwohl ich nicht hören kann.

Aber

Darum mag ich nette Menschen nicht darum bitten.

Aber du...

... bist ein wenig unsensibel.

Also nenn du mich beim Nachnamen, Toka.
...
Bitte helfen Sie, Plastiktüten zu reduzieren.
Isuzu.

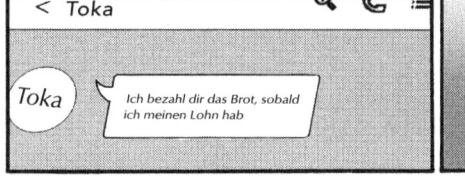

< Toka

Toka: Ich bezahl dir das Brot, sobald ich meinen Lohn hab

B
W
W
W

Toka: Und ich glaub

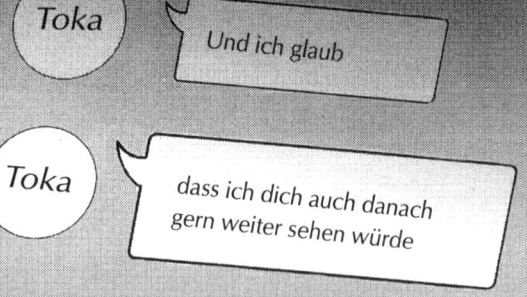

Toka: Und ich glaub

Toka: dass ich dich auch danach gern weiter sehen würde

島合同

特別音楽授業

* Inselübergreifende Musikförderung

#2

BWWW

BWWW

* Hochschule für Musik und Künste Tokyo

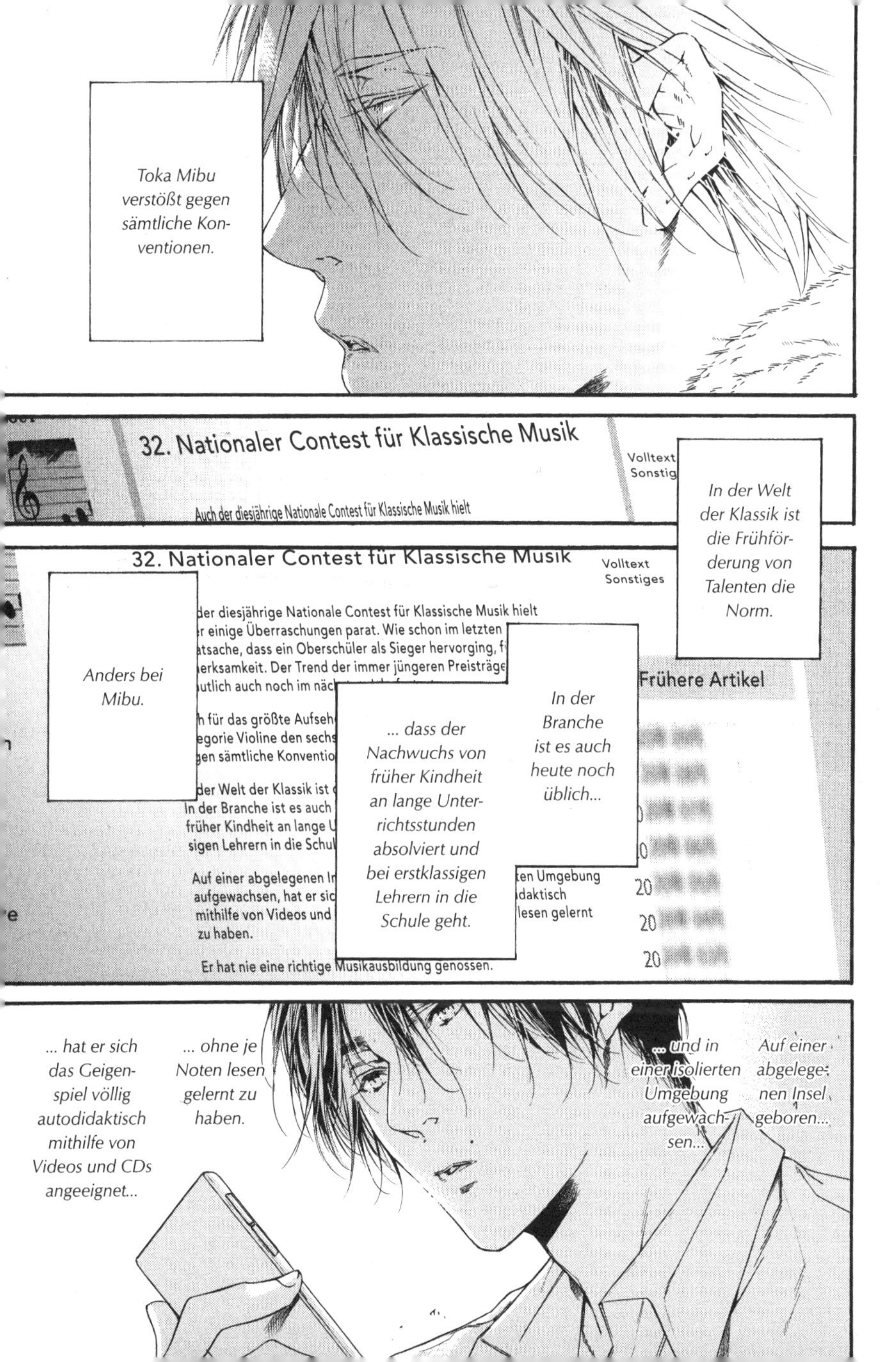

Toka Mibu verstößt gegen sämtliche Konventionen.

32. Nationaler Contest für Klassische Musik

Volltext
Sonstig

Auch der diesjährige Nationale Contest für Klassische Musik hielt

In der Welt der Klassik ist die Frühförderung von Talenten die Norm.

32. Nationaler Contest für Klassische Musik

Volltext
Sonstiges

...der diesjährige Nationale Contest für Klassische Musik hielt
...r einige Überraschungen parat. Wie schon im letzten
...atsache, dass ein Oberschüler als Sieger hervorging, f...
...erksamkeit. Der Trend der immer jüngeren Preisträge...
...utlich auch im näch...

Anders bei Mibu.

...h für das größte Aufseh...
...egorie Violine den sechs...
...gen sämtliche Konventio...

...der Welt der Klassik ist...
In der Branche ist es auch...
früher Kindheit an lange U...
sigen Lehrern in die Schul...

Auf einer abgelegenen In...
aufgewachsen, hat er sic...
mithilfe von Videos und...
zu haben.

Er hat nie eine richtige Musikausbildung genossen.

... dass der Nachwuchs von früher Kindheit an lange Unterrichtsstunden absolviert und bei erstklassigen Lehrern in die Schule geht.

In der Branche ist es auch heute noch üblich...

Frühere Artikel

...ten Umgebung
...daktisch
...lesen gelernt

20
20
20

... hat er sich das Geigenspiel völlig autodidaktisch mithilfe von Videos und CDs angeeignet...

... ohne je Noten lesen gelernt zu haben.

...und in einer isolierten Umgebung aufgewachsen...

Auf einer abgelegenen Insel geboren...

völlig autodidaktisch mithilfe von Videos und CDs angeeignet, ohne je Noten lesen gelernt zu haben.

Er hat nie eine richtige Musikausbildung genossen.

Sein Fundament ist schief.

Das zeigt sich auch an seinem Stil. Er schert sich wenig um die Noten auf dem Papier, spielt, wie es ihm gerade in den

... ungeschliffen und doch einzigartig. Er klingt wie niemand sonst.

Das zeigt sich auch an seinem Stil.

Er schert sich wenig um die Noten auf dem Papier, spielt, wie es ihm gerade in den Sinn kommt...

Man darf gespannt sich dieser hochtalentierte Rohdiamant in Zukunft no weiterentwickeln wird.

#20▪-08-02-21:13 Co

Das war vor zwei Jahren.

Mibus Auftritt beim Contest, mit dem der Oberschüler im dritten Jahr auch gleichzeitig sein Publikumsdebüt gab, rief gemischte Reaktionen hervor.

Man darf gespannt sein, wie sich dieser hochtalentierte Rohdiamant in Zukunft noch weiterentwickeln wird.

Frühere Artikel

98: Live klingt das
    bestimmt ganz

99: Mein Hauptfach
    Klavier und für m
    klingt es auch so, e ist?
    Sorry

100. Der ist einfach nur
     schlecht.

67: Was für ein
    intensiver Blick LOL

das eine teure

ot ihr mitgekriegt,
ie er die Lautstärke
ieses Lob kommt von
aien.

2. So eine Interpretatio
   man selten gehört.
   Das hatte so eine ge
   Unreife, die mir unwi
   ans Herz gegangen is

12: Vom Gesicht her ha
    schon mal gewonne

13: Es gibt doch tausen
    besser sind als der

14: Vom Anfang bis zum
    klang es so leicht und
    zweiten Hälfte war da
    Rede mehr. Das war ja
    gewalttätig. Für einen
    ein beachtliches Level,
    Künstler mangelt es ih
    liertheit und Sensibilitä

:08 Die Stelle ist der Ham
ar der Übergang echt plu

Er
guckt so
furchtein-
flößend...

...

Toka!

Toka!

Stopp!

Stopp!

C'est une mauvaise habitude.

Tu es trop concentré sur toi-même.

Das ist eine schlechte Angewohnheit.

Du bist nur in dich selbst vertieft.

Stopp!!

Altrement...

Sonst...

Denk mehr darüber nach, was du ausdrücken willst...

Ouvre-toi

... und wie du das kommunizieren kannst.

Communique, réfléchis bien

... als »interessantes Rohmaterial« beenden.

... wirst du dein Leben...

Tu finiras ta vie...

...en ayant eu »du potentiel«

Dann kannst du Feierabend machen.

Das war die Letzte, oder?

Bin zurück.

Haah...

Ich hab diesen Monat keine Kohle mehr.

»Groß«?

Ja, aber billig. Ich krieg Mitarbeiterrabatt. Zum ersten Mal genutzt.

... wie du weißt, dass jemand an der Tür ist, wenn du die Klingel nicht hörst.

Ich hab mich neulich schon gefragt...

Spiel nicht rum und komm rein.

DING DONG DING DONG DING DONG

DING DONG

Wenn man klingelt, leuchtet die Lampe.

Oh, ach so.

Eine Text-to-Speech-App fürs Handy.

Was war das für eine metallische Stimme?

Der Text, den man eingibt, wird vorgelesen...

Der Text, den man eingibt, wird vorgelesen |

◀) Vorlesen

2| ABC DEF

ch hab Hunger |

◀) Vorl

ABC DEF

Ich hab Hunger.

... und gesprochene Sprache wird in Text umgewandelt.

A a a h ...

A a a h ...

● Audio-Input wird ve

🎤

Aaa Aaa
s funktioniert echt |

Das funktioniert echt...

Hier Antwort eintippen

... gibt's
an der Uni
nicht einen
einzigen.

Hier
ist es so
schön
still.

100: Der ist einfach ...iten gehört. Das hatte so e...
nur schlecht.   gewisse Unreife, die mir unwill...
                        ans Herz gegangen ist.
                   67: Was für ein intensiver Bli...
                   68: Ob das eine teure Geige ...

... Dinge, über
die ich sonst
mit nieman-
dem rede.

Isuzu ist sonderbar.

Du kannst jederzeit herkommen, auch ohne Pizza.

Hast du meine Nachricht, ob wir Freunde werden wollen, nicht gelesen?

Isu...

DING

Tomoko, Das stimmt gar nicht

Weil er nicht merkt, wenn man ihn anspricht...

... bleibe ich unwillkürlich in seiner Nähe, sodass ich ihn mit der Hand erreichen kann.

Ich vergesse oft, dass ich die Mikrowelle angemacht habe, und dann wird das Essen darin trocken.

Nur, weil ich das Essen in der Mikrowelle vergesse?

Du wirkst gar nicht wie 29.

Nein.

Du hast eine sehr starke Mimik.

Siehst du? Gerade guckst du überrascht.

Schwerhörigkeit...

... ist nun mal ein Handicap beim Kommunizieren.

Das habe ich so mit der Gebärdensprache gelernt.

... und wenn ich traurig bin, ein trauriges Gesicht.

Wenn ich mich freue, mache ich ein erfreutes...

Das ist Absicht.

Das ist Absicht.

... damit mein Gegenüber mich besser versteht.

Ich tue einfach nur, was ich kann...

»Zu erwarten...

... dass jeder, der richtig zuhört, dich auch versteht, ist pure Arroganz.«

Toka?

Isuzu...

Wie fühlt es sich an, nicht hören zu können?

Isuzus Worte kommen immer langsam.

Wie so eine Art Ungeduld...

Das ist immer so ein merkwürdiges Gefühl.

Weil er schreiben oder tippen muss, entsteht eine Pause.

KLATER

... oder will nicht länger darauf warten müssen.

... kann ich kaum erwarten, dass es weitergeht...

Weil ich unbedingt den Rest des Satzes wissen will...

PLING

Hallo Toka.

Toka

00:14

▶ 00:12

PLING

Gelesen
01:03

00:14

↑ Das ist die Gebärde
für »Gern geschehen«.

Toka!

Ist irgendetwas vorgefallen?

... dass du zum ersten Mal...

... mich und nicht den Übersetzer ansiehst?

Du hörst meinen Worten zu.

Nein, wieso ...?

Und hast du gemerkt

Deine Töne klingen klar und angenehm.

Sie gehen viel leichter ins Ohr.

Spiel, als würdest du mir Ton für Ton entgegenwerfen.

Üben wir weiter.

?

... an das Mezzoforte im Mittelteil.

Denk von Anfang an...

Ja, gut so!

Zweites Jahr, Violine:

Mibu, Toka

Warum gibt
es Menschen
wie dich?

Türklingel

BLINK

BLINK

BLINK

BLINK

Toka?

Die Klingel geht noch kaputt.

Eine Frage...

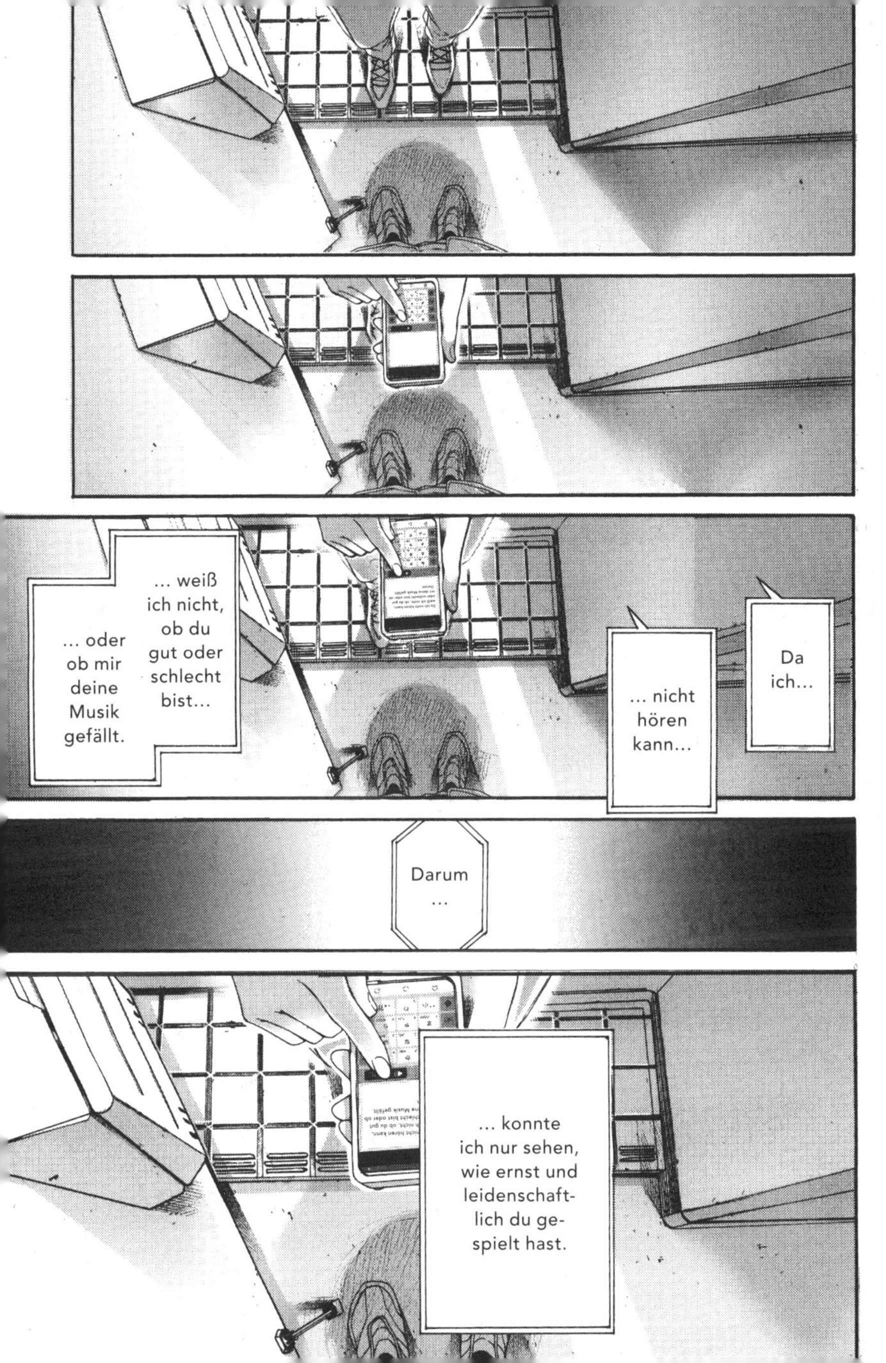

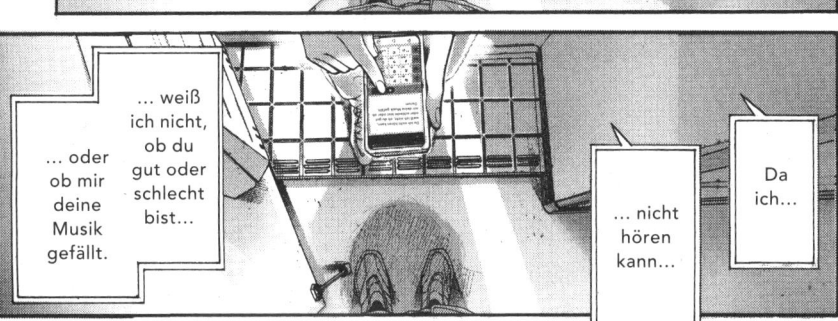

... oder ob mir deine Musik gefällt.

... weiß ich nicht, ob du gut oder schlecht bist...

... nicht hören kann...

Da ich...

Darum ...

... konnte ich nur sehen, wie ernst und leidenschaftlich du gespielt hast.

Das alles...

... hast du mir erzählt.

* Inselübergreifende Musikförderung

... wenn etwas in einem einzigen Augenblick von deinem Herzen Besitz ergreift.

... dieses Gefühl...

Ich kenne...

... was ich für ihn empfinde?

Wie kann ich ihm erklären...

Du hast mich erschreckt.
Ich bemerke dich
doch nicht.
also sei vorsichtig
wenn du mich von
hinten anspричst !

● Audio-Input wird verarbeitet 🎤 📶 80% 🔋

Wie sagt man »süß«
in Gebärdensprache? |

»Strah-
lend
hell«...

»Stark«
...

Und
»nett«?

Und
»happy«?

#3

Ayumu.

Meine Eltern legten vor allem auf Letzteres immensen Wert.

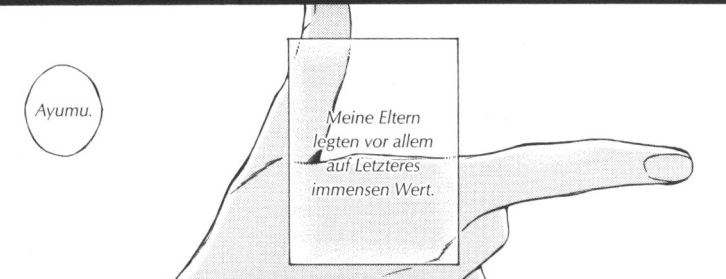

... sicher viel mehr Probleme als andere Kinder.

Du hast im Alltag...

Steh auf eigenen Beinen...

Also werde stark.

... und lerne, im Leben ohne die Hilfe anderer zurechtzukommen.

Dein Gesicht fragt »Warum?«.

Steht der Grund...

... nicht auf deinem Handy?

Hast du mich gehört?

Ja, ich hör dich.

Ich hab die ganze Nacht nachgedacht.

... aber ich will auch mit dir befreundet sein.

Ich wäre...

... zwar gern dein Boyfriend...

Oder willst du das jetzt auch nicht mehr?

... lässt du mich rein, wenn ich einfach nur ein Freundschaftskandidat bin?

Wie weit...

112

Musst du nicht arbeiten?

Oh...

Oder bist du...

Schön warm bei dir.

Es ist echt schon Winter.

... endlich bereit, mich ein Stück weiter als bis zum Eingangsbereich reinzulassen?

... musste ich mir wieder einiges anhören.

Trotzdem...

Er fragt, was mit dir los ist.

... hab aber kein Wort verstanden...

Ich war in einer Theorievorlesung ...

* Hochschule für Musik und Künste Tokyo

Alors, il va pleuvoir demain.

Dann regnet es morgen bestimmt.

Du?! In einer Vorlesung?!

Toi?! Dans un cours?!

Wenn ich mit dir zusammen bin, Isuzu...

... nehme ich die Welt ganz anders wahr.

... wichtige Dinge an Stellen, an denen ich bisher immer achtlos vorbeigegangen bin.

Dann bemerke ich zum ersten Mal...

Okay...

Freust du dich, dass ich an dem Wettbewerb teilnehme?

Sag mal...

Dann werd ich mich anstrengen.

»Du arbeitest echt hart, Ayumu.«

Ach was, ich...

Hut ab!

Dein Job, die Uni...

... und dazu der Investment-Kram.

Ich tue...

... einfach nur, was ich kann.

»Du hast im Alltag...

... sicher viel mehr Probleme als andere Kinder.«

Wie ein Schüler, der seine Bücher in der Schule lässt...

»Ich hab gedacht, weil du zu konzentriert warst.«

»Dann hast du heute Früh nicht reagiert...

...weil du nicht hören kannst.«

Ach, das geht ihm selbst wohl immer so.

Toka!

Du verdirbst dir noch die Augen im Dunkeln.

BWWW

Warum hast du...?

Weil ich mir Sorgen gemacht hab, dass du sonst vielleicht wieder auf der Straße umfällst.

Hast du Hunger?

Und was hast du die ganze Zeit gemacht, Isuzu?

Noch mal den Film von neulich geguckt?

Mochtest du den so gern?

Ja, und er hat auch Untertitel.

Und warum geht das im Kino nicht?

Weil sie keine Untertitel haben.

Guckst du lieber japanische oder westliche Filme?

Oh! Ach so...

DVDs haben Untertitel für Hörgeschädigte.

Beides gleich gern...

... aber im Kino kann ich nur westliche Filme sehen.

Darum gucke ich zu Hause meist japanische.

Oh, wow...

Siehst du?

Da werden auch die Geräusche beschrieben.

... dass er kein betretenes Gesicht machen wird...

Bei Toka kann ich darauf vertrauen...

... wenn ich ihm diese Geschichte erzähle.

Danach hatte ich solche Angst, dass ich die ganze Nacht nicht schlafen konnte.

Ich hab...

... früher mal einen Film gesehen, in dem eine Szene mit einem Brand vorkam.

Darum habe ich mir eine Wohnung in der untersten Etage gesucht, als ich zu Hause ausgezogen bin.

Da ich weder den Feueralarm noch die Sirenen hören kann...

... würde ich vielleicht zu spät fliehen und verbrennen.

Verstehe.

Da ist der Fluchtweg kürzer.

In Amerika und Kanada gibt es in den Schulen doch diese Proms.

Und ich bin froh, dass ich Japaner bin.

Proms...?

Wieso?

Aber es gibt natürlich auch schwerhörige Menschen, die tanzen können |

🔊 Laut vorlesen

Ich könnte eine junge Frau nicht zum Tanz auffordern...

... oder sie vernünftig führen.

Ich stell's mir zwar nur ungern vor...

Ein perfekter Bilderbuchfreund.

... aber ich kann mir denken, wie du als Freund bist.

Zuvorkommend, zuverlässig, erwachsen...

Einer, der seine Freundin nie neben der befahrenen Straße gehen lässt.

»Ayumu...«

Das...

Dass selbst du...

... mal so ein Gesicht machst...

Diese Gebär-de...

»Du bist süß.«

... hab ich...

... neulich gelernt.

Plötzliche Aktionen sind mein Schwachpunkt. Weil ich nicht schnell genug reagieren kann.

Danke.

Hm.

Mein Alltag funktioniert nur durch Routine.

... damit ich ohne Hilfe auskomme.

... und versuche möglichst jeden Tag die gleichen Abläufe beizubehalten...

Ich plane jeden Tagespunkt mit meiner Smartwatch...

#4

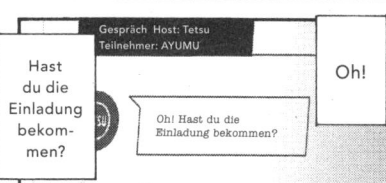

Gespräch Host: Tetsu
Teilnehmer: AYUMU

Hast du die Einladung bekommen?

Oh! Hast du die Einladung bekommen?

Oh!

Du musst auf jeden Fall kommen!

Ich hab deine Situation bereits erklärt.

Und es wäre eine gute Gelegenheit zum Netzwerken.

Aber...

Firmengründungs- und Jubiläumsparty

Sehr geehrte Geschäftsfreunde,
der Winter hat Einzug gehalten und ich hoffe, dieses Schreiben erreicht Sie bei bester Gesundheit.
Vor Kurzem habe ich meine Investmentfirma »Lilic Work« gegründet, mit der ich mein Ziel verwirklichen will, durch eine zuverlässige Verwaltung Ihrer Fonds und passgenau auf Ihre Lebenssituation zugeschnittene Anlagestrategien zu Ihrem Glück und Wohlstand beizutragen.
Aus diesem Anlass werde ich eine kleine Geschäftseröffnungsparty veranstalten, zu der ich Sie recht herzlich einladen möchte. Ich hoffe, trotz der geschäftigen Jahreszeit die Zeit finden, mit mir zu feiern und freue mich auf Ihre rege Teilnahme. Mit freundlichen Grüßen
Ihr Tetsu Kumai, Investmentgesellschaft

LILIC WORK

Wehe, du kommst nicht!
Tetsu

Weiß ich doch.

Aber ich möchte nicht mit anderen zusammenarbeiten...

Außerdem habe ich meinen Plan noch nicht aufgegeben, dich in unsere Firma zu holen.

... hast nach der Uni über die Beschäftigungsquote für Menschen mit Behinderung einen Job bei einer Firma angenommen und Kapital angespart, um dich selbstständig machen zu können.

Darum wolltest du ja auch privater Investor werden, anstatt irgendwo angestellt zu sein.

Dafür hast du gelernt...

Diese Stärke bewundere ich an dir.

Ich möchte, dass du kommst, Firmengründung mit mir zu f

Als dein Freund

und Kapital angespart,

Diese Stärke bewundere ich n dir.

Ich bin schwerhörig.

Bitte packen Sie es als Geschenk ein.

PSCHAAA

Schirme ausverkauft

Und wie kommen wir jetzt nach Hause?

Ein richtiger Wolkenbruch...

Regen?

Davon stand gar nichts im Wetterbericht.

DINGDONG

DINGDONG

BLINK

Türklingel

DINGDONG

DINGDONG

Isuzu
...?

DINGDONG

...

Oh!

Ach
ja.

Herr
Isuzu!

Kirschblüten-Apotheke

Annahme
Rezepten

Setz dich hin!

Da Sie hohes Fieber haben, hat Ihr Arzt Ihnen... ein fiebersenkendes Mittel und ein Antibiotikum verschrieben.

Verzeihung, dass Sie warten mussten. Es ist sehr voll heute.

k y a h

Herr Isuzu.

... verzichten Sie bitte auf Alkohol.

Da Sie mehrere Medikamente einnehmen...

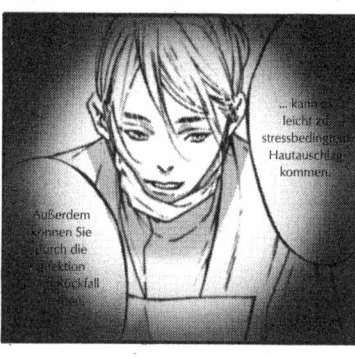

... kann es leicht zu stressbedingtem Hautausschlag kommen.

Außerdem können Sie durch die Infektion einen Rückfall...

Isuzu...?

...

Isuzu!

Was ist passiert?

Bist du krank?

...

Ging's dir etwa schon gestern schlecht?

Du steckst dich an.

Ticketschranke

... was
passiert
war...

Bis ich
jemanden
fragen
konnte...

Isuzu?

Ticketschranke

Isu-
zu...

Gehst du
da hin?

Ich will
niemanden
anstecken.

Das
meine
ich
nicht.

Ja, aber
natürlich
nur, wenn
ich bis da-
hin wieder
gesund
bin.

Es ist
ja auch
schon
bald.

Willst du da hingehen oder nicht?

Ich frag dich aber, was du willst.

Der Host ist ein guter Freund von mir.

Das ist nicht der Punkt!

DOMP

Ich muss.

Danke, dass du dir Sorgen um mich machst.

Aber das brauchst du nicht. Ich bin solche Situationen gewöhnt.

Mein Alltag funktioniert nur durch Routine...

... und sich ständig wiederholende Abläufe.

Ayumu!

Aber...

Ich komme schon zurecht.

Außerdem hast du als Einziger noch nichts gegessen.

Aber ich wollte dich doch allen vorstell...!

Wenn du hin und her dolmetschst, hast du doch nie die Hände frei.

148

Ah...

Das hab ich übersehen.

... und nicht einfach darüber hinweggehen.

Toka würde...

... in so einem Moment bestimmt nachfragen...

Hoffentlich wird es im Kontext klar.

So wie neulich...

Ich bin an solche Situationen gewöhnt.

... bis er alles verstanden hat.

Er würde sagen: »Wie war das?«, »Ich will's auch wissen«...

... sicher viel mehr Probleme als andere Kinder.«

»Du hast im Alltag...

»Ayumu.«

... und lerne, im Leben ohne die Hilfe anderer zurechtzukommen.«

»Steh auf eigenen Beinen...

»Also werde stark.«

Wa-
rum?

...!

Mir ist
schlecht
...?

Nur nicht... das Glas fallen lassen...

Wenn es nachlässt, gehe ich an den Rand...

Oder soll ich jemanden um Hilfe bitten?

... verzichten Sie bitte auf Alkohol.

Gute Besserung!

Weil ich nur getrunken und nichts gegessen hab?

Reiß dich zusammen!

Aber doch nicht viel...

Ich muss auf eigenen Beinen stehen.

Ich sag doch...

Auf der Party ist ein Bekannter von mir!

So geht das aber nicht!

Da dürfen nur Gäste mit Einladung rein...!

Sie...

... haben mich schon mal aufgefangen.

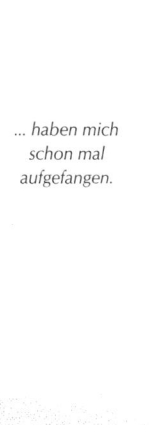

Ich kenne...

... diese Arme.

Du Säufer.

Speech to Text

Und ich bin unerlaubt reingekommen.

Ich hab mir von dir Geld fürs Taxi und deinen Schlüssel geborgt.

Du hast gesagt, dass du Angst davor hast.

... ganz anderes Level als »nicht zur Party gehen wollen«, oder?

Das ist ein...

Warum bist du gekommen?

Ein Prom ist ein Schulball, oder?

Dein Finger...

... sah aus, als wenn er noch was sagen wollte.

Hör nicht auf!

Auch wenn heute nicht getanzt wurde...

Hast du das Wort recherchiert?

Ich will's hören.

Allein war ich unsicher |

Allein |

Allein hab ich mich einsam |

DADD DADD

Allein war mir langweilig.

Darum habe ich mich gefreut, dass du gekommen bist I

Ruf mich nächstes Mal gleich, okay?

... meinen schweren, kraftlosen Körper vollständig jemandem anvertrauen zu können.

... und das beruhigende Gefühl an meinem Bauch...

Ich spüre noch immer den Pelzkragen an meinem Gesicht...

Isuzu...?

...

Dein
Adams-
apfel...

... bewegt
sich.

Was
ist?

...

Du bist
wirklich
ein Junge,
Toka.

?

Was
meinst du
damit?

Isuzu?

Schläfst
du?

Fortsetzung folgt...

BWWW

Bonus

Am nächsten Morgen

....

BWWW

BWWW

Ist
er nach
Hause
gegan-
gen?

BWWW

Bist du heil nach Hause gekommen?

Ich hab dich einfach diesem mysteriösen Eindringling anvertraut...

PLING

Alles gut. Ich kenne ihn.

!

BWWW

PLING

Alles okay.

PLING

Mir tut es leid, dass ich dir deine Party verdorben habe.

TETSU

Morgen

TETSU

Sorry wegen gestern. Wie fühlst du dich?

»Ruf mich nächstes Mal gleich, okay?«

PLING

Er ist ein guter Junge.

»Isuzu hat mir gesagt, du bist ein guter Freund von ihm.«

Aber okay

BWWW

Der war vielleicht unverschämt!

BWWW

Als ich dich nach Hause bringen wollte, hat er mir befohlen, auf der Party zu bleiben!

BWWW

Obwohl wir uns noch nie zuvor begegnet sind!!

»Er würde nicht wollen...

... dass du seinetwegen die Party verlässt.«

Da dachte ich, er kennt dich wirklich gut.

Guten Morgen, Toka.

Mit wem chattest du?

Mit Tetsu.

Dem Freund von der Party.

Er hat mir erzählt...

... was gestern passiert ist.

Danke für deine
Hilfe gestern.

Ich war ja eigenmächtig da.

Warum »Danke«...?

Ich bin doch 10 Jahre älter als du.

War ich nicht schwer?

Keine Ahnung...

... wo »schwer« anfängt.

Normal?

Tut mir leid, dass ich dir solche Umstände gemacht habe.

Du meinst wohl, dass du mir »Sorgen bereitet« hast.

Aber...

Unser Alters-
unterschied
hat dich doch
bisher nie
gekümmert.

Isuzu.

Geht's
dir wirklich
wieder
gut?

*Von einem
Moment auf
den ande-
ren...*

*... lauter
Dinge
peinlich.*

*... sind mir
plötzlich...*

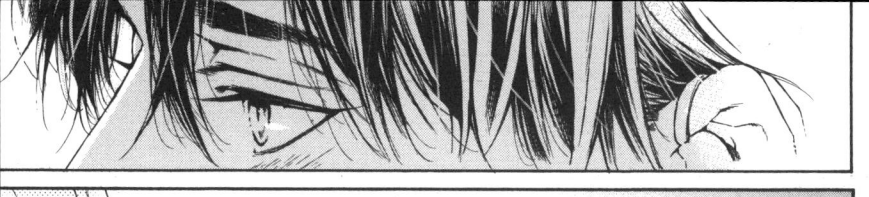

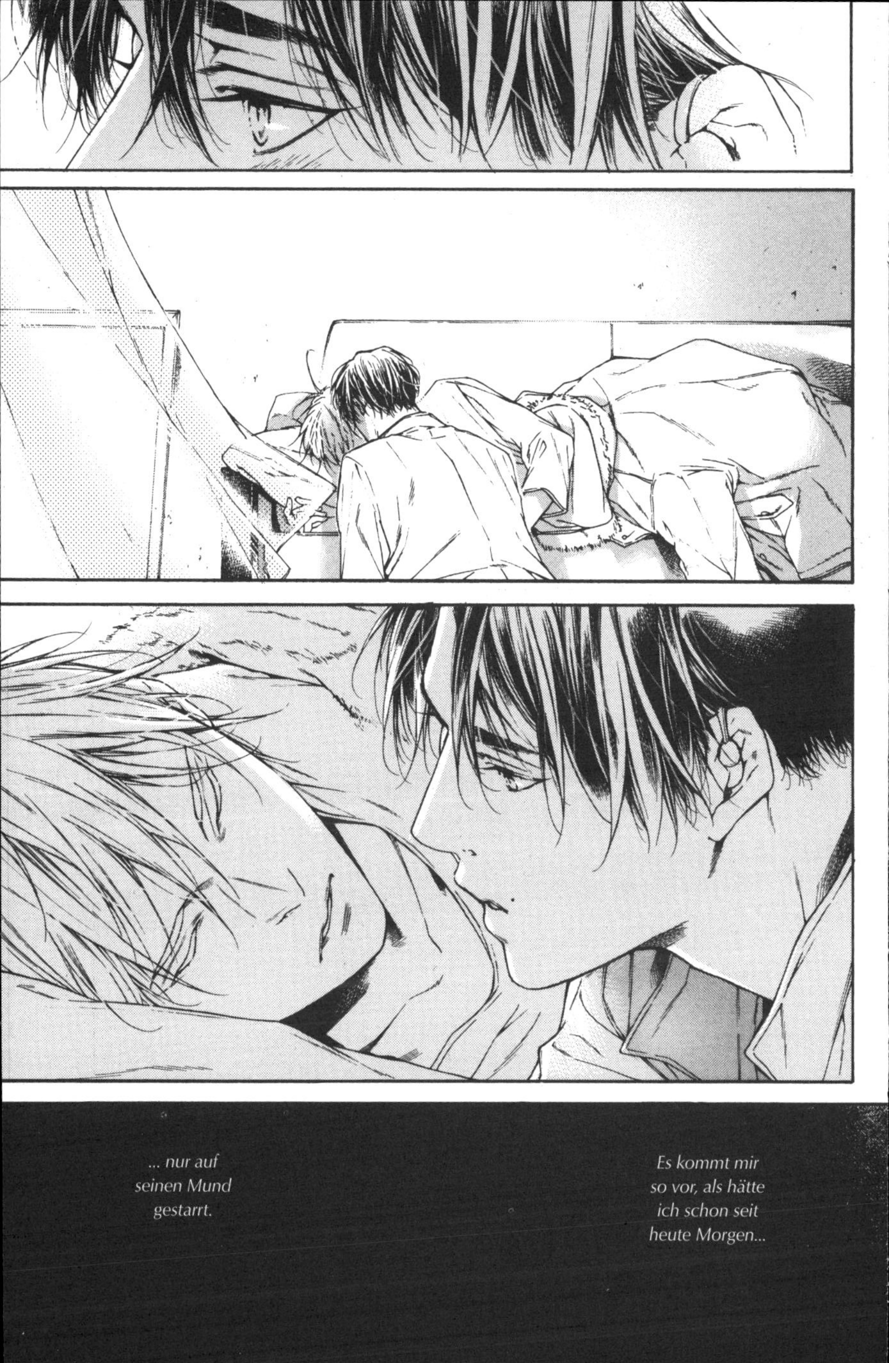

... nur auf seinen Mund gestarrt.

Es kommt mir so vor, als hätte ich schon seit heute Morgen...

Tut mir leid.

Wach lieber doch noch nicht auf.

Bleib noch ein Weilchen so liegen.

Ich kann dir noch nicht direkt in die Augen sehen.

War ich nicht schwer?

Ich bin doch 10 Jahre älter als du.

Mein Herz pocht wie verrückt...

Ende

Vielen Dank, dass ihr Band 1 von »The Most Distant Love« gelesen habt! Hier ist Mitsuaki Asou.

Meine Mutter hat mal eine Zeit lang Gebärdensprache gelernt. Seitdem habe ich mir gewünscht, irgendwann einen Manga mit dieser Thematik zeichnen zu können.

Anfangs dachte ich, dass bei einem schwerhörigen Protagonisten Kommunikation automatisch zum Hauptthema der Geschichte werden würde. Doch mit der Zeit wandelte sich dieses Gefühl, weil mir auffiel, dass der Eifer und die Mühe, sich jemandem mitzuteilen, sowie der Drang und der egoistische Wunsch, von einer bestimmten Person verstanden zu werden, doch im Grunde identisch mit Liebe an sich sind. Und so verkündete ich meiner Redakteurin: »Ich möchte eine Geschichte über die Liebe zeichnen!« Im Kern ist »The Most Distant Love« also eine klassische Liebesgeschichte, in der die Protagonisten versuchen, einander ihre Gefühle mitzuteilen.

Und noch etwas: Ein weiterer Wunsch von mir war, auf den Seiten eine gewisse Stimmung zu kreieren. Zwei junge Männer, deren Schultern aneinander reiben, die ihre Köpfe zusammenstecken, nebeneinander gehen, einander ansehen, zusammen lachen... Ich wollte das Gefühl des Zusammenseins einfangen und auch die Situationen, in denen zwei Menschen einander begegnen. Mir schwebte eine langsame, sanfte Geschichte vor.

In diesem Manga gibt es viele Stellen, an denen die Vorstellungskraft der Leser*innen gefragt ist. Ich hoffe, ihr findet Gefallen an ihm, selbst wenn es nur eine einzige Szene sein sollte. Ich würde mich freuen, wenn ihr noch bis Band 2 verfolgt, wie Isuzus und Tokas langsame, aber tiefe Liebe erblüht!

2021. 08. Mitsuaki Asou

»The Most Distant Love« ist ein japanischer Manga, der
originalgetreu von »hinten« nach »vorne« und von rechts nach
links gelesen wird! Schlagt das Buch also »hinten« auf und
blättert Seite für Seite nach »vorne« weiter!
Auch die Bilder und Sprechblasen werden von rechts oben
nach links unten gelesen, wie es in der Grafik gezeigt wird!
HAYABUSA wünscht gute Unterhaltung!

HAYABUSA
Carlsen Verlag GmbH · Hamburg 2023
Aus dem Japanischen von Anne Klink
SEKAI DE ICHIBAN TOI KOI vol.1
© MITSUAKI ASOU 2021
First published in Japan in 2021 by KAIOHSHA PUBLISHING Co. Ltd.
German translation rights arranged WITH KAIOHSHA PUBLISHING Co.
Ltd. through Tuttle-Mori Agency, Inc, Tokyo.
Original Cover Design: Hachi Inami
Covergestaltung: Sonnenfisch Production – Laura Bartels
Redaktion: Julia Liebetraut
Herstellung: Maria Niemann
Alle deutschen Rechte vorbehalten
ISBN: 978-3-551-62316-4

COMMUNICATE WITH THE FALCON
www.hayabusa-manga.de
www.carlsen.de
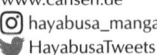 hayabusa_manga
HayabusaTweets

MIX
Papier | Fördert
gute Waldnutzung
FSC
www.fsc.org   FSC® C083411

Unser Versprechen für
mehr Nachhaltigkeit
• Klimaneutrales Produkt
• Papiere aus nachhaltigen
  und kontrollierten Quellen
• Hergestellt in Europa